파쇄

wefic

파쇄
破碎

구병모

위즈덤하우스

강선을 통과한 탄환이 일으키는 회전의
감각이 팔꿈치를 타고 나선형으로 흐른다.
어깨를 흔드는 진동을 견디며 그녀는
흔들리지 않는다. 탄환이 총구를 떠나는 순간
뼈가 활이 되어 근육의 현을 켜는 반동으로
인해 자기도 모르게 손을 위로 들어 올리면,
발사 각도가 틀어지고 명중률은 현저히
떨어진다. 반동에 단순히 저항하기를 넘어
손과 총의 경계마저 잃어야 한다, 총성의
여향(餘響)과 화약의 여향(餘香)마저 새들의
날개에 실려 저 멀리 날아가고 마침내 사라질

때까지.

어쨌든 쓸 줄은 알아야 해서 연습할 뿐이며 일할 때 뽑을 일 많지 않다고, 그는 말한다. 도심 한가운데서 일상적으로 총소리가 만개하는 나라가 아니라, 지금 이렇게 아무도 없는 산속에서 발포하는 것 역시 자주 해도 좋을 일은 아니라고 한다. 인근에 민가는 없더라도 연속으로 폭음이 울리면 군부대도 없는 산에 무슨 일인지 수상하게 여길 사람들도 있을 테고, 사냥꾼들이 동업자 혹은 방해자인 줄 알고 소리의 향방을 찾아서 올라올지 모르고……

그런데 동업자라고 하기엔 그쪽은 짐승을 잡아다 살가죽 혹은 내장을 취하며, 이쪽은 벌레를 잡아서 가능한 한 흔적조차 없앤다.

눈을 떴는데도 어둠이 시야를 압도한다. 검은 헝겊 같은 걸로 눈이 가려져, 수없이

교직된 날줄과 씨줄 사이로 빛의 티끌이 새어 들어온다.

입술과 코에 맴도는 공기의 온도나, 뺨에 닿는 촉촉한 풀잎으로 미루어 갓밝이 무렵이다. 화약내는 젖은 흙에 얼굴이 처박힌 동안 스며들어온 환후(幻嗅)다. 아직도 어깨에 발포 순간의 진동이 맴도는 것 같은 까닭은 꿈속에서도 거듭하던 사격 연습 때문이 아니라, 손이 등 뒤로 묶인 채 상당 시간 흘렀기 때문임을 알아챈다.

통증이나 추위 같은 감각이 몸에 남아 있으니 피는 통하는 모양이고, 양 무릎끼리 맞댄 채로 비벼보니 사지는 붙어 있으며 발목은 역시 묶인 듯싶다. 이 상태로 버려진 지 하루 이상 지나지는 않은 듯한데 그에게 무슨 일이라도 생긴 건가. 시각이 차단당하여 새소리와 풀 냄새 사이에서 촉각마저 길을 잃는다. 여기는 어딘가. 소리를 내도 좋은가.

실장님, 하고 불러서 그의 위치를 파악해야
하는지, 아니면 주위에 누가 있을지 모르니
이대로 숨죽여야 하는지. 적은 가까이 있나.
그보다 지금 같은 때라면 적은 누구를
적이라고 할 수 있나. 첫날 장기간 차량을
주차하는 조건으로 민가에 돈을 주고도 한
시간 남짓 걸어 올라온 산의 입구 나무에는,
언제 적 것인지 글자도 희미해지고 다 삭아
떨어져가는 표지판이 걸려 있을 뿐이었다.

야생 곰 멧돼지 주의하시요

곰이나 멧돼지가 손발을 묶을 수는
없으니 사람이 산장을 습격했을 텐데,
적이라는 게 있다면 왜 그녀를 죽이지 않고
묶어서 버려두기만 했는지 모를 일.
아닌가. 이미 죽었는데 지나치게 도저한
죽음의 상태를 감당하기 어려워 그 죽음을

알아차리지 못한 척하고 있을 뿐인가.

스스로도 헛갈려서 입으로 후, 바람 소리를 내보고 아파, 살아 있어, 움직여, 육성으로 중얼거려도 본다. 죽은 사람은 이런 소리를 낼 수 없다. 기껏해야 시신의 분해와 함께 뒤늦게 발생하는 휘파람 같은 가스 소리만을 낼 뿐. 사신을 맞이하는 소리를.

아직 살아 있더라도 혹시 죽음의 길목 한가운데 버려진 건 아닐까, 통증의 출처를 확인해보려 든다. 그러나 손이 자유롭지 않으니 어딘가 찔리거나 베였는지, 출혈이 있는지 알 수 없다. 그녀는 직전까지의 기억을 떠올려본다. 후두부를 강타당한 기억은 없고, 눈가리개의 매듭이 단단히 맺힌 뒤통수가 지끈거리지만 아픈 것 같지는 않으며, 뒷머리가 축축한 건 피가 아니라 땀이나 이슬 때문일 것이다.

그러니까 간밤에. 끊어진 장면을

이어나간다. 저녁 식사 이후 무슨 일이 있었던가. 두 사람만이 있던 산장에 누군가 왔던가. 생각, 생각을, 그가 생각을, 하라고 했던가, 하지 말라고 했던가. 생각을 해야 할 때와 하지 말아야 할 때를 정확히 알고 구분해야 한다고 했던가. 아니, 둘 다 아니다. 늘 생각하되, 생각에서 행동까지 시간이 걸리면 안 돼.

생각은 매 순간 해야 하지만, 생각에 빠지면 죽어.

무디어진 감각의 신호가 조금씩 깜박거리며 몸속에서 기지개를 켜기 시작하고, 흙바닥을 더듬던 손가락에 곧 쓸 만한 굴곡을 지닌 돌이 만져진다. 그걸 잡으려는 순간 몸이 기우뚱하다가 어디론가 굴러간다. 순간적으로 머리를 보호하기 위해 숙이고 양 무릎을 구부려서 바닥에 마찰을 일으켜 버티지 않았다면 얼마나 더

멀리까지 미끄러져 떨어졌을지 짐작할 수
없다. 급경사는 아닐 텐데 머리에 조금씩
피가 쏠리는 걸로 보아 비탈진 곳이다.
숲에는 다양한 각도의 비탈이 얼마든지
있고, 눈과 손이 묶인 채 대책 없이 아래로
밀리다 나뭇등걸이나 돌부리에라도 몸이
걸려 멈춘다면 다행인데 그보다는 튀어나온
나뭇가지에 다리가 꿰이거나 늑골이 부러질
가능성이 더 높다.

　　다시 손가락으로 바닥을 훑으니 이번에는
크기가 좀 작지만 조금 전보다 모서리가
날카로운 돌이 집힌다. 날을 세워 그대로
끈에 대고 문지른다. 움직임이 비교적
자유로운 손가락은 각 손에 두 개씩, 관절을
거의 꺾다시피 한 자세로 끈을 자르는 동안
손과 팔에 쥐가 나는 것 같다. 만져보니
보통 농지에서 쓰는 비닐 끈 같은 게 아니라
탄탄하게 꼬인 빨랫줄인 모양이라, 유리

파편도 아닌 돌 조각으로는 끊는 데 얼마나 시간이 걸릴지 모른다.

그때 스륵, 젖은 바지 위로 발목에서 다리를 따라 천천히 어루만지듯이 쓸어 올리는 누군가의 손길이 있어서 그녀는 동작을 멈춘다. 반가운 마음에 하마터면 입이 열려 실장님, 소리가 튀어나올 뻔하지만 그 움직임은⋯⋯ 사람 손길이 아니라 뱀의 포복이다. 섣불리 몸을 뒤틀었다간 공격으로 간주되어 물릴 수 있고, 독사라면 여러모로 상상하고 싶지 않은 일이 생길 것이다. 어깨가 들썩이지 않도록 호흡을 최소화하며 기다린다. 모로 누운 그녀의 몸을 젖은 나무나 바위로 인식했는지 뱀은 나른하게 이동하는데, 흙바닥으로 내려가기 위해서인지 머리부터 시작하여 기다란 몸통이 곰틀거리며 그녀의 옆구리와 어깨를 쓸고 지나간다. 귓바퀴를 타고 머리카락 사이로 잠입한 공포가 올올이 번져나간다.

부디 이 자리를 아늑한 응달로 여기고 똬리를 틀지 않았으면.

어차피 꼼짝해선 안 되는 시간이 언제 끝날지 모르게 된 덕분에, 그녀는 간밤의 일을 역순으로 복기해보려고 애쓰다가 결국 이 산장에 온 첫날부터 떠올리게 된다.

소음 문제가 부담스럽기도 하거니와 이목을 끌어서는 안 되기에 실제 현장에서 총보다는 보통 이걸 쓰게 될 거라고, 그는 칼을 들어 보인다.

그 말투나 몸짓이 내일 날씨는 맑고 구름 한 점 없겠다고 하는 예보 같은 톤이어서 위협 비슷한 무언가도 읽어내지 못한 그녀는, 와서 자세히 보라는 뜻인 줄 알고 무심코 몇 걸음 다가가는데 두 발자국 떼기도 전에 칼날이 눈앞의 허공을 사선으로 가른다.

반사적으로 몸을 젖히다가 무게중심을 잃고…… 뒤로 자빠지기만 해서는 소득이 없으니, 옆으로 넘어지면서 손으로 바닥을 짚고 워커 굽으로 그의 발목을 찍는다. 그는 그 정도로 쓰러지지 않으나 짧은 순간 한두 발자국 정도 비척거리긴 했고, 그 틈을 타 일어난 그녀는 옆에 있던 식탁 의자를 들어 그의 얼굴로 던진다. 그가 팔을 들어 막자 무언가 부러지는 소리와 함께, 속이 꽉 찬 통나무로 무겁기만 하고 만듦새는 조잡한 의자가 그 자리에 나동그라져 다리 한쪽이 빠진다. 얼굴에 적중하리라고 기대하지는 않았으므로 그녀는 다만 벽 끝까지 물러나 그와 거리를 벌림으로써 일시의 안전을 확보하는 데에는 성공하는데, 그 와중에도 부러진 것이 다만 의자 다리일 뿐인지 혹여 그의 팔에서 난 소리나 아닌지가 신경 쓰인다.

산장 안이 다음의 수를 읽기 위한

말미와도 같은 거친 숨소리로 채워진다.

— 정신 빼고 섰나 했는데 그건 아니네.

그는 난로 옆 협탁에 칼을 놓곤 소매 주름 사이를 파고든 나무 가시 부스러기들을 털어낸다.

— 정말 소질 있어. 반사 신경도 좋고.

걷어 올린 소매 안쪽으로 팔에 피멍이 드러나지만 그의 평온한 표정을 보면 뼈는 무사한 듯하다.

— 뭣보다 그냥 당하고만 있진 않겠다는 의지도 충분하고. 일단 알았어, 너 같은 놈은 실전으로 굴려야 한다는 거.

그가 말하는 동안 그녀는 호흡과 호흡 사이의 가로대를 걷어내고 안정적인 숨길을 틀 시간을 자연스레 확보하게 된다.

— 근데 피하면 안 되는 게 가끔 있어. 뭐냐면 높으신 분이 성질내면서 쓰레기 같은 거 던질 때. 그런 건 화풀이니까 웬만하면

맞아주고 그래. 나도 우리 마누라가 바가지 던지면 그냥 맞아. 나한텐 제일 높은 사람이니까.

─ 눈을…….

그녀는 밖으로 토해지는 제 목소리에 넘쳐흐르기 직전의 원망이 고이는 것을 느낀다.

─ 제 눈알을, 파내려고 하셨어요.

그를 향해서가 아니라, 그가 이런 사람이라는 걸 한순간 잊어버린 스스로에 대해서다. 어쩌자고 마음을 놓았을까, 그가 분명 말했는데, 출발하기 전에.

이 차에 타고 난 다음에는, 네 몸을 처음부터 끝까지 다시 만들 거야. 머리부터 팔다리, 몸통이고 내장이고 다 뽑아다가 도로 붙일 거다. 괜찮겠어?

퇴각로가 따로 없는 물음이 귀에 표창처럼 꽂히고, 그녀는 대답 대신 그를 한번 노려본 다음 차 문을 열고 올라탔었다.

　─귀한 인재한테 그런 짓 안 합니다.

　─제가 못 피했으면요.

　─근데 피했잖아.

　그러니까 이 정도를 못 피했다면 자신이
원하던 인재가 아니라 판단하여 눈알을 파낸
채로 이 산에 버려두고 돌아갔을 거라는
뜻인지, 그게 아니라 피하지 못할 것 같았으면
알아서 거리를 조절했을 거라는 얘긴지, 혹은
당연히 피하리라고 믿었다는 뜻인지 그녀는
알 수 없다. 사자인지 표범인지 모르겠는
맹수가 새끼를 절벽 아래로 떨어뜨린다는
얘기는 어디서 들어본 것 같지만, 지금은
사람의 일이 아닌가…… 싶다가 불현듯
못마땅한 깨달음에 가닿는다. 사람 취급 안
하기로 한 거구나.

　─좁은 공간에서 들어오는 공격에 어떻게
대응해야 하는지 본능적으로 알고 있는 건

좋아. 반응 자체는 괜찮았는데 방식은 조금
개선해보자.

그녀는 벽에 등을 붙인 채로 엄폐물이 될
만한 게 없는지 둘러보나 손 닿는 곳에는 더
이상 던질 것이 눈에 띄지 않고, 바닥 곳곳에
부려놓은 배낭이며 침낭 따위의 짐들이
거치적거린다. 발 디딜 자리와 장애물을
검토하면서 그의 눈치까지 보느라 바쁘게
시선이 움직이는 걸 보고 그는 함소를 감추지
않는다.

—피하느라 마음이 급한 줄은 알겠는데,
의자 던지고 후진할 때는 벽보다는 문이나
창문 쪽으로. 여기는 창문이 높으니까, 받치고
올라설 만한 게 안 보인다든지 창문 크기가
너무 코딱지만 하다 싶으면 최대한 출입문
방향으로. 딱히 내가 갈 길을 막고 서 있지도
않았잖아. 문에서 멀리 떨어진 벽으로 가서
붙었다는 건 도주로를 네 스스로 버린 거나

다름없지. 상대방이 문 앞에 있었을 때나 피치

못하게 선택할 수 있는 방법이고. 그런데

네가 그만치 벽에 붙어 있으면 상대가 보통은

문 사수하기를 단념하고 이렇게…… 너 가는

데로 쫓아오게 돼.

　말하면서 그가 어느새 코앞까지 다가와

있어서 그녀는 조금씩 옆 걸음으로 피한다.

간격을 벌리기 위해 물러나는 동안 그녀는

산장 안을 거의 한 바퀴 다 돌게 된다.

　—네 목을 조르거나 너를 찌르거나 뭐든

하려 들 테니까. 그럴 때는, 그렇지, 잘하고

있어. 문 쪽으로 조금씩 옮겨 가. 단, 등

보이지 말고, 방어 풀지 말고.

　그녀는 어느새 그로부터 멀어져 마음만

먹으면 열고 나갈 수 있도록 문 옆에 붙어

있는데, 그 표정과 조금 기웃거리는 고개

사이로 끼어드는 혼란을 포착하고서 그가

묻는다.

─뭐가 이상합니까.

　─아니요, 별다른 거 없습니다.

　─궁금한 거, 이상한 거, 그때그때
물어봐도 돼. 모르는 것만 아니면 대답할
거니까.

　─쓸데없는 겁니다.

　─쓸데가 있는지 없는지는 네가 정하는
거 아니고, 실은 그건 누구도 몰라. 뭔데?

　다른 어떤 신체적 훈련이나 심지어
투지보다도 그녀의 의문과 물음이 우위에
있다는 듯 그가 말한다.

　─그게 그러니까 보통은, 대상을
제거하러 다닌다는 거잖아요. 그런데 사정이
좀 달라졌거나 이쪽이 불리해졌다고 해서
도주로를 확보한다는 게요. 마주한 사람을
제거하기 전에는 그 방에서 나오면 안
되잖아요.

　─좋은 지적이야.

유연하기보다 완고한 그녀의 말에 그는 파안대소한다.

—좋은 자세이기도 하고. 하지만 이때 너를 압박하는 건 제거 대상이 아니라 그 외의 다른 것들 얘기야. 대상 옆에 붙어 있는 조수들이나 커다란 비서 같은 놈들, 짭새들이나, 아무튼 목표 대상을 제외한 모든 경우. 쫓아오는 놈들을 죄다 죽이고 다니기는 현실적으로 어려우니까, 공연히 시간 끌면서 얼굴 노출하지 말고 그 자리를 최대한 빨리 벗어나는 게 나아. 이해됐습니까.

—네.

—다음으로 이거 말인데.

그는 한쪽 다리가 덜렁거리는 의자를 한 손으로 잡아 올리다가 눈살을 찌푸리며 그대로 떨어뜨리듯 내려놓는다.

—들어다가 던지기까지 시간이 살짝 걸렸어. 알지?

그녀는 고개를 끄덕인다. 톱밥을 채운
게 아니라 통나무를 그대로 잘라 이은
의자는 보기보다 무거웠고 자연히 적중도와
정밀도가 떨어졌을 것이다.

— 가벼운 거 아니니까 당연해. 그런데 나
맞으라고 던지는 거잖아. 그럼 상대가 막을
시간을 주어선 안 되겠지. 그럴 땐 저런 거.

그가 가리키는 건 식탁에 놓인 쇠
주전자다.

— 크고 무거운 의자는 묵직한 공격을,
작은 주전자는 빠르게 날카로운 공격을
꽂을 수 있어. 예를 들어서 네가 힘이 아무리
좋다고 한들, 체중이 적게 나간다면 무게감
있는 주먹을 휘두르려고 애쓸 게 아니라
속도를 키우는 편이 차라리 낫다는 거다.
지금 저 주전자 봐봐. 물이 얼마나 담겼는지
모른다고 해도, 혹시 안에 든 게 물 아니라
쇳덩이라고 쳐도 이 의자보다는 가벼울

공산이 크지. 크기나 부피만 봐도 집어 들기에
덜 번거롭게 생겼잖아. 상대가 방어할 시간을
주지 말고 저걸 1차로 던져라. 인중이나
양미간에 맞히면 한순간은 눈을 못 뜰 테고
1초는 더 벌거든. 그러고 나서 2차로 이거,
무거운 거. 처음부터 크고 무거운 거 들어다가
힘자랑할 생각 말고, 주위에 뭐가 있는지
신속하게 파악해.

　　그는 이번에는 두 손으로 의자를 들어서
다리와 바닥 쪽을 그녀에게로 향해 보인다.

　　─그런데 사실 이 정도 되는 건
던지기보다 방패로 더 쓸 만해. 일테면 나한텐
뭐가 없는데 상대가 코앞에서 칼을 계속
붕붕 소리 내가면서 엑스 자를 그리고 별
발악을 한단 말이지. 그럴 땐 이걸로 한두 번
막아주다가, 그대로 달려들어서 밀어붙여.
그리고…….

　　세 개의 온전한 다리와 한 개의

덜렁거리는 다리가, 문 옆에 붙어 선 그녀를
포획하는 식으로 덮는다.

　─찍어버린다.

　그녀는 잉걸불이 타는 듯한 눈을 똑바로
들고 그를 마주 노려보며 고개 끄덕인다.

　─운 좋으면 다리 네 개 중에 하나는
명치나 목을 찍을 수 있을 거야.

　의자는 다시 식탁 아래로 기우뚱하게
자리를 잡는다. 흐름상 그는 이 이야기에
관한 한 웬만큼 매조지를 지은 것 같은데,
그렇다면 이대로 문을 열고 도망칠 필요가
없어진 것인지 아직 확신할 수 없어서 그녀는
머뭇거린다.

　─오늘은 그만할 거야. 짐 정리도 해야
하고, 밥도 먹게. 어깨 힘 풀어.

　한번 응고되어 자리 잡은 의심은 쉽게
녹아내리지 않고, 그녀는 나간다면 어떻게
도망갈 것인지 혹은 어디로 사라져버려야

할지도 모르면서 손안의 문고리를 놓지
않는다.

　─ 내가 아무 말도 안 하고 시작할 수는
있는데, 그래도 내 입에서 그만이라고 말
나왔으면 진짜로 그날은 끝입니다. 갈 길
머니까 숨 돌려.

　그는 협탁에 내려둔 칼을 턱으로
가리킨다.

　─ 가서 저거 집어. 네 거 맞아.

　그녀는 비로소 문에서 슬금슬금
떨어지고, 그는 배낭의 짐과 침낭을 부려놓기
시작한다. 두 사람이 반씩 나눠 지고 올라온
짐 안에는 각종 금속과 연장, 탄환 등 무기가
많아서 배낭만 여섯 개에 이르는데, 그중 한
개에서는 사나흘쯤 냉장고 없이도 버틸 만한
찐 감자와 미제 군용 저장식이 쏟아져 나온다.
감자는 조가 의구심 가득한 얼굴을 하고서─
합숙 연수라니 무슨 사업을 벌이는 건지

통 모르겠거니와 이렇게 장기간을, 게다가 제식훈련 비슷한 거라고 통보식으로만 전달받은 입장에선 당연한 일이다—삶은 뒤 완전히 식혀 담아준 것이며, 저장식은 한 사람 앞에 하루 두 개 정도로 소비하면 한 달은 먹을 분량이다. 그녀는 빈 선반의 먼지를 닦아내고 수건과 세면도구, 여벌 옷을 넣어둔다.

그런 다음 문득 협탁을 돌아본다. 손잡이를 합쳐 두 뼘 길이의 칼을 집어 만지작거린다. 바로 엊그제 대장간에서 갈아 온 것처럼 날카롭게 빛나는, 심장 한가운데 도달해보기는커녕 아직 피 한 방울 묻혀본 적도, 무언가를 썰거나 끊어본 적도 없는 깨끗한 칼날이다. 앞으로 수많은 피를 자석처럼 끌어모으고 누군가의 목숨을 필요로 하게 될 그 연장의 눈부심이 마음속에 공존하는 충동과 저항감을 거의 같은 크기와

깊이로 자극하고, 그녀는 자기가 일찍이
상상만 해보았을 뿐인 최대한의 빠르기로
몸을 돌려서…….

챙강.

바닥에 떨어진 칼은 그 자리에서
빙글빙글 회전하고, 어느새 그녀는 그의 한
손에 목이 잡힌 채로 밀쳐져 있다. 뒷머리와
등이 벽에 붙은 채로 점점 밀려 올라가고
발끝이 바닥에 닿을 듯 말 듯하여, 까치발을
하고 워커 앞굽으로 버티지 않으면 그녀는
오래지 않아 철광석에 슨 녹처럼 그 자리에
부스러져 내릴 것이다.

— 한 0.5초쯤? 망설였어. 맞지? 내가
이 새끼를 정말 찔러도 될까, 그어도 되나,
대가리를 애매하게 굴리니까 안 되는 거야.
일단 마음먹고 칼을 집었으면, 뜸 들이지 마.

손아귀가 점점 목을 죄어와서 그녀는 그
충고가 들리지 않는다. 악다문 입술이 저절로

벌어지면서 침이 흘러나온다. 꿈틀대는 혈관이 불거진 그의 손을 잡아 떼어내려 해보나 꿈쩍하지도 않는 손등만을 부질없이 할퀴게 된다.

─이제 어떻게 해야 할 거 같아. 나 지금 한 손은 아예 노는 거 보이지. 너 양손 양발 다 자유롭고. 그럼 이렇게 내 손 붙들고 있을 때야? 그거 좀 꼬집는다고 손가락 하나 떨어질 거 같아?

그래서 한쪽 손날을 세워 그의 팽팽하게 펴진 팔오금을 찍는다. 그 타격으로 팔이 굽혀지면서 손아귀에 들어 있던 힘의 일부가 일순 빠져나간다. 압착기처럼 목을 누르는 손가락 가운데 엄지 하나가 살짝 들린 순간을 놓치지 않고 다른 쪽 손으로 엄지를 움켜쥐어 비틀자, 그 악력에 손목이 꺾이면서 나머지 손가락들이 펼쳐진다.

비로소 그는 목을 놓아주고, 그녀는

바닥에 퍼더버리고 앉아 교반 통 안에서
휘저어진 오장을 쏟아내기라도 할 것처럼
기침한다.

　　ㅡ 나쁘지 않아. 오륙십은 아니고, 70점은
됩니다.

　　ㅡ 8, 90, 점은, 뭐, 인데요.

　　음절마다 기침과 눈물이 쏟아진다.
불에 담근 쇠 같은 목소리가 원래대로
돌아오기까지는 시간이 걸릴 듯하다.

　　ㅡ 팔 때린 즉시 무릎이나 발로 킥. 이
새끼 남은 평생 씨 뿌리긴 글렀다 하는
마음으로.

　　다음번에는 반드시 그렇게 하고 만다는,
그보다는 그런 지경에서라면 상대방에게
남은 평생이라는 말 자체가 어불성설이라는
의미로, 그녀는 충혈된 눈에 눈물이 그렁한
채 그를 올려다보나 곧 치밀어 오르는 기침에
다시 바닥으로 고개를 처박고 만다.

— 바닥에 토하진 마라, 나무 틈새는 닦기
힘들다.

그렇게 말하며 나머지 짐 정리를
이어가는 그의 목소리에 잔웃음이 묻어 있다.

새벽빛이 조금씩 부풀어 오르기 시작할
무렵 두 사람은 산허리를 두른 안개를 뚫고
계곡까지 가서 그날 쓸 물을 길어 온다. 한
손에 양동이를 하나씩 들고도 여러 차례
오가야 하므로, 세 번째 왕복을 즈음해서는
두 사람 모두 턱에 숨이 차올라 말과 숨이
구분되지 않고, 그녀는 특히 그가 언제
물동이를 내던지고 칼을 뽑을지 모른다는
긴장과 부담을 안고 있다.

그 눈치를 챘는지 그가 먼저 다짐이나
선언 비슷이 핀잔을 준다.

— 물 아깝지 않니. 지금은 물에만 신경
써라.

그리고 이어서 제안하기를,

— 너도 도중에 틈 봐서 어제처럼, 하고
싶은 대로 해봐. 때리든 발을 걸든 수단은
상관없어. 단, 총은 연습할 때만 손대는 거야.
탄약 비싸다.

— 칼이나 돌은, 되는 건가요.

— 아무거나 좋을 대로 해. 난로 부지깽이,
빗자루, 뭐 많잖아.

— 저는 서툴러서요. 정말 찌를지도
모르는데요.

— 해봐. 그 정도는 내가 알아서
대응해야지. 그런 거 고민하느라 주저하지
말라고 했잖아.

— 꼭 그 때문만은 아니었고요. 그만,
이라고 말씀하신 다음이라서 그랬어요.

— 그 그만은 나한테만 해당하는 거야.
너는 아무 때나 괜찮아. 야습은…… 잘 때는
피차 깊이 자두는 게 좋지만, 잠든 때가

아니곤 도저히 못 이기겠다 싶으면 뭐, 그것도
한번 시도해보든지. 다 받아줄 테니까. 근데
세 번 해보고 실패하면 그 이상은 안 돼.
틈을 노린다고 밤새 뜬눈으로 지새워봤자
네 손해고 주객전도니까. 일단 한 달쯤
내다보고는 있는데, 그 전에라도 네가 내 등을
땅에 닿게 하면 그날로 짐 싸서 내려간다.

　─무릎이나 어깨는 안 되나요.

　─무릎까지는 너 지금도 가능할 거
같아서 안 돼. 그리고 이건 모래판 씨름이
아니야. 완전히 눕혀야 한판이다.

　무릎 정도라면 지금도. 많이 쳐주는 말
같긴 하지만 그녀는 조금 기분이 나아진다.
양팔에 물이 가득 든 양동이를 들고도 그를
앞질러서 나무와 나무 사이를 민첩하게
빠져나간다.

　그는 그 뒷모습과 발걸음을 주시하면서
움직임을 체크하고, 어떻게 해야 눈에 덜

띄면서도 효율적이며 경제적인 몸짓이 되는지를 알려줄 것이다. 앞으로의 일을 하기 위해 그녀가 되어야 하는 몸, 이룩해야 하는 몸을 부단히 주입시키며 존재 자체를 전지(剪枝)하여 죽음의 과수원을 가꿀 것이다.

그리고 이틀이 채 지나지 않아서 그녀는 뒤통수에 예고 없이 날아든 60센티미터 남짓의 목봉을 피할 수 있게 된다.

온몸을 동원하여 소리 없는 발걸음을 포착하고 공기의 움직임과 온도가 미미하게 달라짐을 알아채더라도 처음에는 몸을 굴려 피하기에 급급하지만, 그다음 날은 그것이 날아오는 순간과 때를 같이하여 반쯤 돌아선 자세로 팔을 들어서 막고, 그날이 지나기 전에 그것의 끄트머리를 잡을 수 있게 된다. 잡음과 동시에 그의 배를 걷어차서 그걸 빼앗는 데에 성공한 것은 그다음 날이다.

─ 지금 거 괜찮았어.

확실하게 배를 찬 줄 알았는데, 그는 발을 팔로 막으면서 목봉만 넘겨준 것 같다.

─ 그런데 이때는 말이다, 봉을 잡아당기는 순간에 상대방의 배보다는 무릎 또는 허벅지 바깥쪽을 차는 게 너한테 조금 더 유리할 거야. 움직임을 효율적으로 저지할 수 있고, 재수 좋으면 그대로 넘어뜨릴 수도 있지. 배 좀 차봤자 꼼짝도 안 하고 버티는 거구에 장신을 만날 수도 있거든.

그녀는 고개를 끄덕이고, 이제 이걸 돌려주어야 하는지 어디 다른 데로 던져버려야 하는지 알 수 없어서 주춤거린다.

─ 그럼 그걸로 너 하고 싶은 대로 와봐.

─ 어…….

어떻게? 어디로? 뭐가 됐든 와보라는 건 그냥 한가로이 걸어오라는 뜻은 아닐 것이다.

─ 대가리를 깨든 뱃가죽을 쑤시든 어서,

지금 바로. 시간 끌지 말고.

　대가리……라고 했지만 키 차이가 나서 머리를 노렸다간 빗맞을 것이다. 그러면 발목을……. 그러기 위해 조금이라도 몸을 숙였다간 목뒤에 손날이 꽂힐 것이다. 그러니 정석대로 심장을…….

　우왕좌왕 끝에 그녀는 어정쩡한 속도로 그의 옆구리로 돌진한다. 그가 한 손으로 목봉의 윗부분을 잡아채서 그대로 한 바퀴 돌려 뒤집자 그녀의 몸이 따라 돌고, 한순간 공중에 떴다가 어깨부터 떨어지면서……. 오늘 하늘은 짙은 회색빛이네…….

　—생각하느라 그랬지, 또.

　그 목소리와 함께 목봉 끝이 위쪽 흉골을 꾹 누르는 바람에 몸을 일으킬 수 없다. 그의 얼굴이 하늘을 가린다. 그나마 두 눈에 담을 수 있는 하늘이, 그 얼굴로 꽉 차버린다.

　—생각은 계속해도 좋아. 그런데 생각에

빠지는 건 안 돼.

　계속하는데, 계속 그것에 대해서
생각하는데…… 빠져들지 않을 방법이,
익사하지 않을 도리가 도대체 있기나 한 건지,
모를 일이다.

　— 지금의 내 대응에서 뭐가 부족한지 뭘
개선해야 할지, 눈치 좀 챘나? 일단은 너 말고
나한테서.

　사람을 뒤집어서 쓰러뜨려놓고 개선할
점이라니, 그녀는 이제는 생각하기가
번거롭고 하늘이나 보고 싶은데 그의 얼굴
말곤 보이지 않는다. 하늘이 통째로 그
얼굴이다.

　— 나 제대로 안 한 거 알겠어? 무기도
뺏고 사람도 넘어뜨리고, 일석이조를
노린다면 봉만 잡아 돌릴 게 아니라 네 손을
통째로 잡아서 돌리는 게 맞지. 뒤집는 순간
네가 봉에서 손을 떼버릴 수도 있으니까.

그런데 너 보나 마나 미련하게 붙들고 자빠질
것 같아서 시험 삼아 해봤더니 예상을
벗어나지 않네, 바보가.

　　그가 목봉을 거두고 뒤로 몇 걸음
물러난다.

　　—3초 줄 테니까 일어납니다. 이거 도로
가져가봐, 재주껏.

　　그 말이 끝나기도 전에 그녀는 몸을 반쯤
일으켜 던져서 그의 발목을 붙들려 하나
바닥으로 나가떨어진다. 어깨에 쓸린 모래와
자갈이 아지랑이 모양으로 피어오른다.
그녀는 다시 달려들고, 그는 피한다. 한 손은
뒷짐 진 채 발은 앞뒤로 몇 발자국 왔다 갔다
하는 정도, 그 자리에서 거의 움직이지 않고
선 것이다. 그러는 사이사이 그녀의 등과
어깨와 다리에 목봉 세례가 무수히, 힘을
실어 휘두르는 게 아니라 툭 건드리거나 쿡
찌르는 식으로, 전의를 완전히 상실하지 않을

강도로만 쏟아진다.

　다급해져서 정면으로 붙어 줄다리기를
시도하나 어림도 없고, 그가 마침내 다른
쪽 손을 앞으로 가져와서 엄지와 중지로
이마를 한 번 튕기자 그녀는 비틀거리다
나가자빠진다. 손가락 하나뿐이었는데
온몸에 분포한 통점이 이마로만 몰려든
것처럼, 한순간 눈앞에 암막이 펼쳐지고
곧바로 몸을 일으키지 못한다.

　─아서라. 나는 한 손이고 너는 두 손이니
힘으로 어떻게 될까 봐서? 간만에 다른 쪽
손을 꺼내게 한 건 좋았는데, 생각만 많고
머리는 못 쓰지.

　바닥에 처박혔다가 일어나면서 그녀는
손에 쥔 한 줌의 자갈 섞인 모래를 그의
얼굴에 던지고, 그가 설핏 눈살을 찡그리는
틈을 타 팔꿈치를 걷어찬다. 솟구쳐 오른
목봉이 허공에서 공중제비를 돌다가 그녀의

손바닥에 안착한다.

이걸로 끝도 합격도 아닐 거라는 빠른
짐작으로, 그녀는 무기를 쥔 손에 힘을 풀지
않는다. 거친 숨을 한 모금 몰아쉴 때마다,
입천장에 들러붙은 모래 먼지가 빨려
들어가면서 목젖을 할퀸다.

— 잘했어.

그가 마찬가지로 입 속에 한 움큼
퍼부어진 모래를 침과 함께 바닥에 뱉고
말한다.

— 계속해.

저 인간을 죽이기 전에는 여기를 살아서
나갈 수 없을 것 같다.

어느 날은 밖에 나와보니 두 개의 나무
기둥 사이에 굵은 새끼줄이 가로로 묶여
있다. 난데없이 저 줄 위를 걸어보라든지
유랑 곡마단의 균형 기예라도 시킬 작정인가

싶은데, 그가 턱으로 나무를 가리킨다.

　— 저 높이까지 올라갈 수 있어?

　그 역시 사다리나 어떤 도구 없이 두
개의 나무를 각각 타고 올라가서 묶은 것으로
보인다.

　— 아무 쪽으로든, 올라가기만 하면
되나요.

　— 그럴 리가 있나. 가서 줄을 두 손으로
잡고 매달려. 손은 교차하지 말고, 한
방향으로만. 줄 가운데까지 갈 수 있겠어?

　— 그냥 하라고 하세요.

　오늘따라 왜 할 수 있느냐고 물어볼까,
어차피 못 한다는 대답은 접수하지 않을
거면서. 그녀는 팔다리와 복부의 힘으로
무난하게, 줄에 닿을 만큼 올라간다. 기둥에
다리를 감고 한 손을 뻗어 줄을 잡은 다음
나머지 손으로도 잡고 나서 다리에 힘을 풀어
몸을 허공에 부려놓는다.

앞뒤로 진자운동을 하는 동안 슬쩍
내려다보니, 이 높이에서 떨어지면 최소한
어딘가 부러질 테고 아래를 안 보는 게
심신에 이로울 것 같다. 굵고 단단한 줄은
거의 출렁이지도 않고 안정감 있게 두 그루
나무 사이에 고정되어 있다. 조금씩 옆으로
손을 이동하여 줄의 가운데까지 나아가는데,
가는 동안 이미 두 손바닥이 작열한다.

— 거기서 스톱.

얼추 가운데까지 왔나 보다. 줄 위를
걸으라는 건 아니어서 그나마 한시름
놓았지만 이대로 건너편 나무까지 가
닿아보라는 뜻도 아닌 모양이다.

— 턱걸이 할 줄 아나?

혼자 당숙네로 이사하기 전, 국민학교
운동장에서 대여섯 번 해보았을 뿐이고 그건
어느새 전생의 기억이나 다름없다. 할 줄
모른다고 해봤자, 그대로 떨어져서 다리나

분질러지는 것 말고 다른 길은 없다.

　— 몇 개나…… 할까요.

　아래를 내려다보지 않는다. 높이를
가늠하지 않는다. 그가 어디 있는지 보이지
않고, 목소리만 들려온다.

　— 글쎄올시다. 할 수 있는 데까지 해볼래?

　횟수는 그리 중요하지 않다는 듯한
뉘앙스가 다소 의아한 정도를 넘어
수상쩍기까지 하지만 어제오늘 일도 아니고,
그녀는 두 팔의 떨림을 견디며 열 번쯤 몸을
위로 끌어 올린다. 철봉과 대면 어느 쪽이 더
간단한지 모르나, 일단 새끼줄의 꼬임에 따른
연속 요철이 손가락을 파고드는 게 방해된다.
다시 팔을 펴서 매달린 다음 참았던 숨을
몰아쉰다.

　— 그거 갖고 되겠어?

　대수롭지 않다는 듯 웃음으로 공그르는
목소리지만 계속하라는 얘기임을 바로

알아듣고, 열 번 더 새끼줄에 턱을 대는 둥
마는 둥 한다. 어디선가 맹금이 날아와 그
부리로 두 팔과 심장을 쪼아대는 감각. 이
상태로 조금만 더 지체하면 몸속을 파고드는
죽음과 꿈이 서로 엇갈려 실로(失路)하리라는
걸, 그녀는 알 수 있다.

그리고 종용과 채근의 목소리.

— 그게 다야?

저 인간이, 처음부터 서른 번이라고
하든지……. 심장을 악귀에게 저당 잡히고
두 팔을 얻기나 한 것처럼, 그녀는 울음인지
비명인지 욕설인지 구분되지 않는 신음을
쥐어짜며 열 번을 더 해낸다. 턱은 새끼줄에
수차 쓸려 까지고 손바닥은 감각을 잃었다.

— 다 했으면 그대로 왼손 놓아봅니다.

두 팔로도 견디기 힘든데 오른손으로만
이 줄을 잡으라는 것이다. 몸속에 남아 있던
심지는 이미 연소 끝에 전소한 지 오래며,

그녀는 자신의 몸이 신원 규명조차 불가능한
소사체(燒死體)가 되어버렸다고 느낀다.

— 저 진짜 떨어져요. 이제 못 버팁니다.

— 안 떨어져. 이 높이에서 떨어져도 안
죽어. 머리부터 거꾸로 처박을 거 아니면.

— 팔 빠진다고요.

— 끼워준댔지.

이대로 중력에 순응하여 부러지거나
죽는다는 마음으로 왼손을 놓자,
오른손으로만 잡은 새끼줄이 위아래로
흔들리면서 그 줄의 궤적과 잔영으로 허공에
오선을 그린다. 몸은 곧 악보에서 이탈하는
콩나물 대가리가 될 것 같고, 팔은 몸통에서
떨어져 나가 따로 노는 것처럼 보인다.

— 그럼 이제 줄 위로 올라가서 앉아봐.

한 손을 놓는데 저걸 어떻게 다시 잡아서
몸을 위로 솟구라고……. 고개 들어 올려다본
줄의 높이가 절망적으로 까마득하여, 그걸

보는 행위 자체가 혼절과 구분되지 않는다.

　— 제한 시간 있다고 말했던가?

　투둑 소리와 함께 새끼줄이 한 번
출렁인다. 그가 던진 칼날이 반대쪽 기둥에
묶인 새끼줄을 긋고 지나간 것이다. 저
인간이…… 줄을 끊을 셈이다.

　— 대여섯 번쯤 더 썰면 끝나지 싶은데.

　말하자면 계속 같은 자리에 칼을
던지겠다는 뜻이다. 그녀는 자신이 이미
죽었으며 지금 매달린 채 몸을 앞뒤로
움직이면서 반동을 이용하는 사람은 사신의
행정 착오로 잠시 죽음의 입구에 방치된
시신이라고 여긴다. 조금만 더 하면 두 다리를
들어다가 몸을 돌려서 줄에 배를 걸치는 게
아주 불가능하지는 않을 것 같다. 그네를
타는 것과 같다고……. 그때 두 번째로 날아온
칼날은 몇 가닥만 끊고 지나간 게 아니라
칼끝이 그대로 줄에 박히고 만다.

—어, 안 되겠네.

여분의 칼을 챙겨 오지 않은 모양이다.
한 가지 장애물은 줄었다는 생각에
안심하려는데 그가 이어서 말한다.

—중단하고 내려와. 다음에 하자.

이 무슨, 장난하냐고……. 이를 갈기도
전에 툭 투둑 줄 끊어지는 소리가 거푸
들려오고 몸이 허공을 회전하면서 나는
느낌에 그녀는 눈을 감아버린다. 콧속을
파고드는 바람이 상쾌하기까지 하다. 이제
죽나 봐.

끊어진 줄을 끝까지 놓지 않아서, 바닥이
아니라 매달린 그대로 건너편 나무 기둥과 한
번 강하게 부딪친 다음 바닥에 뒹군다. 잠든
강아지처럼 웅크린 등과 어깨가 먼저 닿아서
머리에 오는 충격을 완화한다.

일단 죽음과 접선하는 데엔 실패한
모양이라 바닥에서 꿈틀거리며 어찌어찌

고개 들어보려고 하는데, 그의 워커 앞코가
눈앞에 다가온다.

　—지금은 바로 일어날 생각 마라. 어디를
부딪쳤는지 확실하게 모르니까 천천히.

　좀 더 누워 있어도 되는구나. 그녀는
한숨을 몰아쉬며 피와 모래가 뒤엉긴
손바닥을 곁눈질한다.

　—그럴 때는 눈 감는 거 아니야.

　바닥에 주저앉은 그가 주머니에서 가제
수건을 뽑아 그녀의 손바닥에 얹어놓는다.

　—나무에 처박기 직전에 지면과
가까워지는 순간이 있었잖아, 아주
잠깐이지만. 그 타이밍에 손을 놓고
뛰어내렸으면 좀 덜 다치지. 눈을 감아버리니
그 정도 높이가 가늠이 안 되지.

　줄에 칼을 꽂은 게 고의였는지
실수였는지, 물어도 대답 안 해주겠지……
생각하며 움켜쥔 손에 힘이 들어가고 가제에

피가 번져나간다. 붉어진 가제에서는 으깨진 석류 알맹이를 닮은 냄새가 난다.

　손 닿지 않는 데가 신경 쓰여, 그녀는 어깨와 등을 자꾸만 으쓱거리며 거기 아직도 뼈와 근육이 제대로 붙어 있는지를 확인하려 한다. 선명한 통증이 제 존재감을 알리며 자기주장을 하나 어떤 상태인지 알기 힘들다. 손거울이 하나 있지만 그 하나만으론 등을 비추어보았자 무의미하며, 피가 흐르는 느낌은 없다.

　타박상, 찰과상, 자상, 열상, 창상, 교상(咬傷), 화상 등 지금껏 대부분의 상처는 비명이 아닌 정적 속에 머물러 있었고, 따라서 볼 수 있는 위치나 손 닿는 자리라면 웬만큼 붙이고 바르고 감았다. 워커를 신어 물집 잡힌 발, 새끼줄을 잡다 벗어진 손에는 오래지 않아 마디마다 못이 박일 테고, 구급약도 낭비할 수 없으니 크고 깊은 상처 중심으로 돌본다.
긁히거나 멍든 건 상처 축에 들지 않는다.

밤이 되어도 등은 나아지지 않고 더욱
기이한 리듬과 박자를 타고 욱신거린다.
불에 타서 녹아 없어지는 것 같기도. 가본 적
없지만 바닷가에서 해파리에 쓸린다면 이런
느낌일지도. 피라미드 공사에 동원된 노예가
감독관의 채찍을 맞으면 이렇게 될지도. 뭐가
됐든 통증과 함께 이대로 바닥에…… 지하
깊이 까라지면 된다.

양반다리를 하고 이마를 벽에 댄 채로
통증이 줄어들기를 기다리는데 그가 등 뒤로
다가와 앉는 소리가 난다. 그녀는 반사적으로
일어나 방어할 뻔하지만 그는 인기척을
충분히 냈고 오늘은 그만이라고 했다.

─벽 보고 앉은 김에 옷 올려.

등 뒤에서 건너온 소리라 뭔가 잘못
들었나 싶은 마음과 함께 절로 이마가 벽에서

떨어진다.

— 열나면 골치 아프니까 잔말 말고.

— 아무렇지도 않은데요. 제가 알아서
하겠습니다.

기겁했다는 티를 내지 않도록 심상하게
대꾸하나 목소리에서 잔물결마저 지우지는
못한다.

— 안 보이고 안 닿는데 알아서 하긴,
자기가 무슨 천수관음이라고. 이런 건 그냥
해달라고 해.

— 가만둬도 낫습니다.

— 웬만하면 그런데, 재수 옴 붙으면 균
들어가서 죽어. 네 앞에 그거, 소독약 내놔.

— 출혈이 없으니까, 그런 일은 안 생겨요.

— 네가 봤냐고. 모가지가 어디까지
돌아가는데?

그녀는 고개 너머로 약상자를 통째
넘겨주고, 일어나서 이 자리를 피할까 말까

망설이지만 어차피 산장 안인 데다 산장에서
뛰쳐나가더라도 산을 벗어날 수는 없다. 이
산이 통째로 그다.

등 뒤에 앉은 그가 어깨를 노크한다.

— 여러 번 말하게 하지 말고, 옷
걷어주십시오.

한 손으로 매달린 새끼줄 위에 올라가
앉는 것보다 지금 그의 눈앞에서 옷을 걷는
게 더 불가능한 과제다. 분노인지 가벼운
흥분인지 모를 것이 상처를 짓눌러온다.

— 안 합니다.

— 이유가 있는 거고, 나쁜 것도 무서운
것도 아니야. 병원 가면 의사 앞에서 청진 안
할 겁니까.

— 거의 가본 적 없습니다.

— 개새끼 되기 싫어서 내가 가만있는데,
머리채 잡아다가 웃통 벗겨버리는 거 일도
아닌 건 알지.

냉혹한 내용에 그렇지 않은 어조로 미루어 그런 일은 일어나지 않을 성싶지만 그녀는 공연히 옷자락의 배 부분을, 허공 위의 새끼줄보다도 더욱 놓치지 않겠다는 듯 힘주어 끌어 쥔다. 반문하고 싶은 걸 꾹…… 누른다. 그럼 지금까지는 설마…… 개새끼가 아니었다고 하는 건가.

— 이런 식으로 사소한 데다 일일이 신경 쓰면서 시간 끄는 거, 지금만 봐줄 거고 다음에는 안 돼. 일하다 보면 제대로 갖춰 입지 못하거나 가진 거 입은 거 다 뺏기는 상황도 생기는데, 그때마다 이렇게 수선 피우면 거치적거려서 못 데리고 다녀.

거치적거린다. 이런 일로 힘을 뺄 만큼 한가롭지 않다. 피곤하게 만들 바에야 필요 없고 함께 갈 수 없다는 말은, 어떤 선언이나 주문보다 강력하다.

걷어서 드러낸 등에 차가운 손가락이

닿는다. 멘소래담 냄새가 코를 찌른다.

　ㅡ울혈은 심한데 피는 뭐, 나기 직전이네.
쭈그리고 앉은 거 보면 뼈도 무사하고.
며칠 내로 괜찮아지겠어. 위치도 이만하면
심각하지 않을 것 같지만, 혹시라도 볼일
보다가 피가 섞여 나오면 말해.

　ㅡ저는 나무에도 바닥에도, 방광을
부딪친 적은 없는데요.

　ㅡ사람 내장 중에서 등하고 가장 가까이
붙어 있는 게 신장이야.

　쓸모 있는 업자가 되는 데에 필요한
무수한 것들이 있지만 어쩌면 가장 중요한
것은, 어떤 일ㅡ이를테면 무방비 상태로
맨살을 드러내는ㅡ이 닥치더라도 동요하지
않는 마음이라는 걸, 그리하여 그녀는 잔돌이
던져져도 동심원을 그릴 줄 모르는 수면이
되어야 한다는 사실을, 등에 닿는 얼음물 같은
멘소래담과 함께 알게 된다.

─ 엄살 피우는 타입 아니면서, 이거 갖고
울어?

어깨의 미세한 떨림을 포착하고 그가
묻는 말에 그녀는 적당히 둘러댄다.

─ 보이지 않기 때문이에요. 알 수
없으니까요.

─ 아플 때보다 무서울 때 우는구나, 너.

드러낸 게 그냥 등이 아니라, 생살이
도려내진 자리에 나타난 근육과 뼈 같아서.
어쩌면 붉은 내장 같아서.

두려움이 흔들고 지나간 마음속에 한
문장의 기도가 남아 있어서.

제한 시간 내에 그가 정말이지 자신의
모든 것을 폭포처럼 쏟아부으려고 하는
바람에 그녀는 하루가 끝나면 녹신거리고,
밤에는 침낭 안에서 숙면을 넘어 혼수에
빠져서 새벽에 그가 흔들어 깨우기 전까진

일어나지도 못한다. 또다시 하루치의 물을
길어 오고, 식사하고, 종일 뛰고 구르고
다치고, 상처를 씻고 붕대를 감고 잠드는
날들이 이어진다. 산장에 펼쳐진 두 개의 침낭
사이로 스며드는 풀 냄새가 밤에는 한층 더
짙어진다. 건너편 침낭에서 고개만 내밀고
그가 들려주는 이야기들은 보통 누군가의
살을 베어냈다든지 뼈를 잘라냈다든지, 뼈와
힘줄 사이에 박혀 아무리 칼날을 깊이 쑤셔도
빠져나오지 않았다던 탄환과, 그것을 맞은
사람이 서서히 죽어가던 모습에 대한 것이다.
바람과 나뭇잎의 탄주(彈奏) 사이로 들려오는
그의 말소리는 자장가처럼 그녀의 귓가에
내려앉아, 찢기어 원본의 형태를 잃은 꿈의
갈피 사이로 스며든다.

　　어느 날은 상의 안에다가 가슴 아래로
수건을 최소 세 장은 두르고 매듭까지

묶어서 나오라는 지시에, 그녀는 겹겹이 껴입은 겨울날처럼 상체만 뚱뚱해져서 뒤뚱거리다시피 하며 산장 앞 공터로 나온다.

— 똑바로 서봐. 배에 힘 빼고, 머리 부딪치거나 손목 다칠 수 있으니까 열중쉬어 말고 차려 상태로 유지.

무엇을 시키려는 건지 모르겠어서 일단 그녀가 지시대로 하자, 그는 이것도 예고라고 운을 띄우기는 한다.

— 이제부터는 좀 넘어져봅니다.

스스로 해보라는 뜻인 줄 알고 앞으로요 아니면 뒤로요, 하고 물으려는 순간 그는 워커 신은 발로 그녀의 배를 밀어버린다. 정확히 명치와 하복부 사이를. 질러서 걷어찬 게 아니라 밀어냈는데도 그녀는 서툰 목수가 제작한 나무 인형처럼 균형을 잃고 쓰러져 구른다. 몸속의 장기와 피가 드럼통에 담겨 몇 바퀴를 회전하는 것 같다. 이게 뭐 하자는

짓인지, 압력을 얼마나 버티는지 보자는
뜻인지, 복부의 힘을 더 기르라는 얘긴지 영문
모르고 팔꿈치로 땅을 짚어 일어나는데 그가
말한다.

　— 넘어질 때 그냥 아무렇게나 널브러지는
게 아니라, 머리 안 닿게 주의하고, 손으로
바닥 짚어서 바로 일어날 수 있게 버틴다.
다리 한쪽 면을 바닥에 지지하고, 허리는
둥글게 굽힌 상태로 몸을 굴려서 일어나는 데
드는 시간 2초 이상 안 걸리게. 다시.

　어째서 그 얘기를 먼저 해주지
않는지 항의하기 전에 두 번째, 세 번째로
발이…… 이렇게 미는 걸 두고 발길질이
날아온다고까지 하기는 애매하나 아무튼
발이 쏟아져 와서 그녀는 연달아 넘어지고
기분은 충분히 더러워진다. 그러면서 이게
무엇인지 어렴풋이 알게 된다. 손으로 밀어도
되는 걸 굳이 발로 민다는 것은, 체중을 싣기

위해서만이 아닐 터다. 그녀의 몸이 인격을
담지 않은 그릇 내지 도구가 되어야 한다는
독촉이다. 생존을 위한 모든 인식은 몸에
남겨두되, 자기 자신이라는 의식만은 탈탈
털어서 건조시켜버려야 한다는 억박이다.

　─ 유도가 아닙니다. 일반적인 낙법이랑
같다고 착각하면 안 돼. 낙법은 바닥에 닿는
면적을 최대화해서 충격을 분산시키는 안전
위주고, 지금은 안전은 안전대로 지키면서
반응하는 속도가 중요해. 다시.

　게다가 쓰러지는 회차가 누적될수록
자세 자체는 그가 일러준 대로 잡히긴 하나
근육이 피로해져서 일어나는 데 드는 시간은
오히려 더 걸리는 것 같고 눈앞이 핑 도는
속도만 빨라진다. 그러기를 수십여 차례 했을
때 마침내 그녀는 일어나기를 시도하다 다시
뒤로 벌렁 넘어가고 만다.

　─ 벌써 지치면 안 되는데.

빈정거리듯이 내뱉다가, 그는 문득 안색이 변해서 다가와 살피더니 신중한 손길로 그녀를 받쳐 일으킨다.

— 너 여기 왜 이래.

그 말을 듣고서야 그녀는 연이은 기립에 숨이 차올라 헐떡거리는 와중에도 자신이 어떤 상태인지 알아차린다.

— 아, 이거, 그런 거 아니에요. 그냥 때 돼서, 저 잠깐만요.

그녀는 그의 손을 뿌리치고 일어나서 산장을 향해 터덜터덜 걸어간다. 인근에 가게니 편의 시설이 전혀 없다고 들었는데 가서 빨래까지 할 정신이 어디 있겠냐고 다 버리고 와도 된다면서, 조가 있는 대로 끌어모아 준 걸 받아다가 배낭 안에 쑤셔 넣은 광목 쪼가리가 한 보따리다. 귀찮은 행사다. 어차피 아이를 낳고 키우고 그런 보편의 생활과 인연이 없을 텐데, 필요 없는데. 소파수술 정도가 아니라 이런 장기는 차라리 깨끗이 떼어버릴 수 있다면, 처음부터 존재하지도 않았다는 듯 흔적도 없이……. 위치도 딴판에다 심지어 수건도 둘둘 감은 중복부를 그가 워커 앞코로 걷어지르는 게 아니라 밀어내기만 한 까닭을 알 것 같아서 그녀는 헛웃음을 친다. 이걸…… 언제 쓸 일이 있다고?

그녀가 몸과 옷을 정리하고 다시 숲으로 나왔을 때, 아까 하던 걸 이어서 할 줄 알았는데 둘러보니 멀리 떨어진 나무에는 과녁판이 붙어 있고 나무 그늘에는 총기류와 부속이 가득 담긴 배낭이 입을 열고 있다.

— 한 사나흘만 자빠지거나 구르는 건 피하자. 일단 이리로 와.

— 저는 괜찮은데요.

— 너는 괜찮아도 내가 안 괜찮아.

— 이런 건.

불쾌감과 묵직한 통증이, 튀어나오는 말의 신경 줄을 갉아낸다. 광목이, 해도 해도 너무 많다. 넉넉하고 여유로운 마음을 보란 듯이 자랑이라도 하는 것처럼, 조가 담아준 광목은 넘치도록 많다.

— 못 쓰게 되어도 상관없고요.

실은 그 눈부시도록 깨끗한 광목 따위 한 장도 쓰고 싶지 않다는 마음과 함께 그녀의 말소리는 발작적으로 뒤틀린다.

— 없어지는 게 차라리 나을 수도 있고요.

— 야 이 새끼야.

그가 성큼성큼 다가오는 모양이 이번에는 정말로 걷어찰 것 같아서 그녀는 숨을 들이마신 다음 호흡을 거의 멈추다시피 하여 복압을 높인 상태를 유지하며, 길가에 핀 노랗고 하얀 씀바귀로 시선을 돌린다.

즉시 주먹이나 발로 내리지를 기세였는데 그는 수초쯤 시간을 두었다가 입을 연다.

— 열중쉬어 합니다.

아까 처음 기립을 준비하던 흐름으로

봤을 때 발길질이 날아올 예정은 없는

것 같은 대신 이 자세론 거의 확실히

귀싸대기려니 싶어 그녀는 티 나지 않게

한숨을 쉬고 왼발을 옆으로 옮기며 뒷짐을

진다.

— 너 지금 제일 자신 있는 거 뭐야.

— 예?

이건 좀 뜬금없는 질문이다.

— 너 그나마 할 줄 아는 게 뭐냐고.

— 그…… 힘 쓰는 거 말씀이신가요.

— 그렇지. 그걸 아는 놈이.

그는 다섯 손가락을 펴서 그녀의

하복부를 감싸듯이 가리키곤 말을 이어간다.

— 여기 보존 잘해야 한다는 건 결혼을

하고 애를 낳으라는 게 아니야. 여기 망가져서

뽑아내면 힘을 못 쓴다고. 한동안은 보리차

주전자도 들기 힘들다고. 왠지는 나한테 묻지 말고. 그냥 그렇게 생겼고 그렇게 불공평하게 만들어졌다고. 몸이.

주위에 그런 것까지 자연스레 알게 해줄 만한 여자 어른은 없었으므로 몰랐을뿐더러 그 결과를 상상해본 적도 없음은 물론 이런 생각 자체를 무심코 처음 해본 거여서 그녀는 할 말을 잃는다.

— 기껏 힘 좀 쓰는 애가 그걸 못 쓰게 되면 필요가 있어 없어.

— 없습니다.

— 그럼 그런 소리 다시 해 안 해.

— 안 합니다.

— 이제 이리로 와.

그녀는 원래 가장 마지막에 배울 예정이었던 총 분해와 청소 및 조립 그리고 사격, 탄창 교환 등을 생각보다 일찍 시작하게 된다.

그와 함께 공기저항, 중력, 낙하, 유효 사정거리, 최대 사정거리, 가속도, 살상력, 관통 같은, 평생을 두고 인연이 없을 것 같던 말들에 대해 듣게 된다. 투명한 글라스가 시야에 거치적거려 그녀가 자꾸 벗으려 하자, 그가 아직은 안 된다고 말하며 흐트러진 귀마개까지 다시 씌워 조인다. 익숙해질 때까지는 각막도 고막도, 보호해야 하는 나이라고 한다. 지금 미리 다쳐보았자 만고에 쓸데없다는 것이다. 그녀는 서서 쏘고, 앉아서도 쏘고, 엎드려서도 쏜다. 산 전체에 총성을 새겨 넣고 화약흔을 묻힌다. 그의 손이 어깨와 턱 그리고 옆구리를 건드리며 자세를 바로잡는 것이 신경 쓰이지만 명중률은 나쁘지 않다. 그리고 그녀는 이 손길이, 훗날 설령 그가 없는 동안에라도 자신의 몸속에 잔존하리라는 것을 안다.

경동맥의 위치를 짚어나간 다음 그의
손가락은 쇄골로 내려간다. 쇄골 아래쪽에도
동맥이 흐른다. 가운데를 중심으로 왼쪽과
오른쪽 각각. 일단 자르는 데 성공하면 그
출혈량은 물론 쇼크와 사망에 이르기까지의
시간이 심장을 찔렀을 때와 거의 다르지 않다.
그러나 그 깊이가 만만치 않고 일부는 근육에
가려져 있어서, 심장과 마찬가지로 한 번에
찌르기 어렵다.

복부 장기의 경우는 상처의 크기와
깊이에 따라 사망 확률이 천차만별이다.
그래도 칼을 뽑으면서 장기의 일부가 붙어
나오는 경우 선명한 피와 함께 큰 시각
효과를 주어 목표 대상의 공포감을 배가하고
전의를 상실하게 함으로써 생물학적
요인보다 빠른 죽음에 이르게 하는 데에
유용하다.

─그리고…… 아닐 거 같아 보이지만

여기도.

둥치에 걸터앉은 대퇴부의 안쪽을 짚어 쓸어내리는 손가락에, 막 불어서 끈 성냥의 머리를 대기라도 한 것처럼 그녀는 몸을 움찔한다.

— 여기도 동맥이 지나가. 한번 제대로 끊으면 근육이랑 혈관이 엉켜서 손쓸 새도 없어. 이 자리를 만약 총알이 뚫고 지나가지. 같이 부러진 뼛조각들이 혈관을 다 헤집고 다녀서 출혈이 더 커진다. 2분 내로 지혈 안 되면 끝이야. 그러니까 어디를 찌르면 빨리 죽을지 알아두었다가 가능한 한 그 자리를 찌르는 게 좋고, 그래도 일하면서 뭔가 공식대로 되는 경우는 많지 않고 경황도 없을 테니까 꼭 자리에 집착할 필요는 없고. 반대로 너 자신을 위해서는 이런 데를 안 다치게 보호하는 게 중요하고. 알았습니까.

그녀가 보일 듯 말 듯 끄덕이자, 마주

앉은 그는 한 손을 그녀의 다리에 얹은 채
다른 쪽 손등으로 그녀의 입술을, 부르트고
찢어진 자리를 피해서 가볍게 두드린다.

　─말로 해, 대답은 말로. 입 뒀다 어디
쓸래. 언젠가는 높은 사람도 만날 일이 있을
거야. 고갯짓까지 하지 말라곤 안 하는데
소리도 내.

　─하지만…….

　─그리고 대답은 짧게, 얼버무리지 말고.

　그는 알지 못한다. 그녀가 입을 열면,
소리를 내면…… 입 속에서 너울거리는
나비의 날갯짓을 해금해버리면. 그가
알아서는 안 되고 알 필요 없는, 그러나
이미 알고 있을지도 모르는 마음이 불현듯
튀어나올까 두려움을 갖고 있다는 사실을.
그건 아마 흘러나오거나 새어 나오는
고요하고 점잖은 방식이 아니라, 얼기설기
서툴게 꿰맨 자리가 잡아채어 뜯기면서

비집고 나오는 모습일 것이다. 그 자리엔 주워 담을 수 없는 말이, 찢긴 나비의 날개처럼 흩어져 있을 것이다.

그 파편의 형태를 상상하다가 그녀는 침묵으로 엮은 울타리에 이윽고 날붙이를 댄다.

— 물어볼 게 있는데요.

— 말씀하십시오.

— 지금 그거요. 왜 가끔 저한테 그런 식으로 합쇼하세요.

— 어, 이거 뭐 대단한 거 아닌데.

그것이 그저 습관이 아니라 일종의 노력에 가깝다는 사실쯤 그녀도 짐작한다. 한쪽으로 기울어지려는 무게 추에 균형을 잡아주는. 그 한쪽의 이름이 무엇인지는 알지 못하나 더없이 불가능을 닮았을 것이다.

— 이건 나를 위해서.

제가 아니고 당신을 위해서라니, 그녀는

의아하다.

　— 지금 네가 어리고 환경상 어쩔 수
없이 내 통제 아래 있기 때문에, 그걸 빌미로
내가 너를 함부로 해선 안 된다는 걸 잊지
않으려고 가끔. 너 굼벵이같이 하는 거 보고
내가 혹시 뚜껑이라도 열려서 치상이나
치사가 되어버리면 서로 곤란하잖아.
하산하면 너는 나와 같은 업자니까 굳이 그럴
일 없고.

　그가 말하는 함부로의 기준은 그
정도라는 사실을 그녀는 알게 된다. 그리고
그가 그동안 대부분 가혹하면서도 자주
조심스러웠음을 떠올린다.

　이런 식으로 날마다 그녀의 몸은 그가
지시하거나 재촉하는 대로 변해간다. 그의
목소리와 손이 그녀의 몸짓에 리듬을
입히거나 동작의 선율을 바꾼다. 지난
스무하루 동안 온전히 그녀에게만 집중한

시선. 그녀만을 부르는 호각 같은 목소리.
파괴와 신생의 갈마듦을 반복하며 그녀의
움직임은 그의 손이 더는 닿을 필요가
없어질 만큼 나날이 날카로워진다. 땀과 피와
모래의 비산이 그녀의 몸을 이룩한다. 그가
바로잡아야 하는 몸이 아니라, 그냥 그대로
그의 몸 자체가 되어가는 것이다. 나중에는
자신의 몸이나 그의 몸 같은 것을 생각지
않아도 되는, 한계를 혹은 경계를 부수는 몸이
되어가는 것이다. 그의 무기가 됨으로써 그의
몸과 하나가 되는 것이다.

스물일곱째 날, 본인이 아는 기본은 한번
다 훑어주었고 앞으로는 실전에서 틈틈이
익숙해져보자며, 이번에는 집중 훈련을 위해
그랬지만 앞으로는 산에서 이렇게 장기간
체류하는 일은 없을 거라고 그는 말한다.
합숙 연수라는 이름으로 자리를 비우는 것은

이후로 3박 4일, 최대 일주일까지가 한계일 것이다. 한편 지인이 모처의 안가 지하에 당연히 불법인 사격 연습장을 꾸밀 예정이며, 연락이 오면 주로 그곳을 이용하게 될 거라고도 한다. 비록 썩 마음에 드는 수준으로 나오지는 않겠지만 레일과 태엽 등의 무대장치 비슷한 무언가를 동원하여 좌우 혹은 상하로 움직이는 과녁판도 있을 거라 이동표적을 맞히는 연습 정도는 소소하게 가능하다고 한다.

  아무려나 그녀는 너무 더러워졌고 많이 긁혔고 다친 자리에 흙이 들어가는 바람에 항생제를 사용했고 군용 저장식에 질렸고 욕조에도 들어가고 싶기 때문에 그 말이 반갑다. 그렇다고 해서 산을 아주 멀리하면 안 된다는 그의 말을 한 귀로 흘려듣는 티를 내지 않기 위해 노력한다.

  — 여기뿐만이 아니라 산 지형을 두루

알아두고 산이나 바다하고 친해져야 한다. 눈 감고도 다닐 수 있을 정도로.

그건 시신 처리를 위해, 그 이전에 목표 대상을 주로 이런 데서 처리하게 되는 수가 많을 것이기에 그렇다. 그걸 위해 지난 한 달 가까이 산을 넓게 써왔다. 산장으로부터 멀리 떨어진 깊은 숲속까지 들어가 사격 연습을 하여 새와 사슴의 단잠을 방해했고, 다음 날은 산장에서 출발하여 도보로 반나절 가까이 이동해서 칼 연습을 했다. 그러고도 그가 풀을 엮어 숲에 남겨둔 여러 표식을 따라 길을 잃지 않고 산장으로 돌아왔다. 그 모든 표식이, 그가 한 모든 것이 그녀의 눈에 담기고 폐에 깃들어 있다. 그녀는 앞으로 어떤 산에서도 길을 잃지 않을 것이다.

— 당장 내일 내려가는 거 아니고, 모레쯤 짐 싸면 돼.

말하면서 그는 일제 코코아가 담긴 반찬

통을 꺼낸다. 양이 넉넉하지 않아서 그사이 극도로 지친 날 그녀에게만 딱 두 번 마시게 허락해준 코코아다. 내려갈 때가 다가와 그런지 이번에는 뚜껑으로 깎아내지도 않고 봉긋이 가루 한 스푼씩 사치스럽게 덜고, 막 끓인 뜨거운 물을 담아 잔 두 개를 식탁에 내려놓으며 그는 보상처럼 말한다.

　─ 아무튼 나 따라온다고 수고 많았어.

　─ 잘 먹을게요. 그래서 저는 얼마나…….
당신을, 따라잡았나요.

　─ 발전했냐고? 꿈도 크십니다. 그래도
뭐, 생각보다는 웬만큼 해줬어. 여기 버리고
한밤중에 도망가지 않은 것만으로도 90……은
아니고 80.

　─ 실은 그게, 저 혼자 밤중에 산길을
헤매다 멧돼지나 곰을 만날까 봐 그런 건데요.
다시 70으로 내려가나요.

　─ 정직하게 고백했으니까 마이너스

플러스 그대로야. 마지못해 남아 있었다고
해도 현명한 판단이고. 그런데 엽사들이 진작
다 잡아가 그런가, 요즘은 그거 찾아보기
힘들걸. 뱀이나 좀 있을까. 그래봤자 거기도
땅꾼들이 집어 갔겠지. 실제로 우리 그동안
대왕벌레들 말고 딱히 본 거 없잖아.

　─그건 그러네요. 그럼 안심하고 도망칠
걸 그랬어요.

　─뭐 그랬어도 상관없어, 그러면
내가…….

　너를 포기했을 테니까?

　어디에 숨어버리든 너를 다시 잡아 왔을
테니까?

　그녀는 두 번째로 조금 더 추가
기울어진다는 것을 안다. 제 의지로 도주한
그녀를 그가 찾아서 잡아낸다면 그때의
이유는 인재가 아쉬워서라기보다는, 그의
사업 내용을 알아버린 일반인(이자 살인자)의

입을 영원히 막기 위해서일 테니까.

　― 계곡물이나 어디에 나자빠진 네 시체를
거둬들였을 테니까. 밤 산길을 만만히 보면
안 됩니다. 야생 짐승만 없다고 괜찮은 게
아니야.

　둘 중 어느 쪽도 아니라 그녀는 일순 맥이
풀린다. 그가 보기에는 여전히, 그녀가 변변한
장비 없이는 어둠 속의 탈출조차 어렵다는
것이다.

　― 시체를, 거둬는 주는 건가요.

　― 어쩌겠어, 내가 끌고 올라왔는데 염은
해줘야지. 수풀에 퇴비 되게 내버려두나.

　염이라니, 그가 그녀를 데리고 이 산에
올라오기 전 한 말과 위배된다. 나 가는 데로
쫓아올 거냐고 그가 물었을 때 덧붙였던
말들과. 이부자리에 누워서 죽는 건 꿈꾸지
마라. 제대로 된 장례는 고사하고 어쩌면
시신도 발견되지 않는 죽음을 맞이할 것이다.

두 사람은 마주 앉아 실로 오랜만에
코코아를 홀짝거리며, 깊어가는 숲속 밤의
주인들이 내는 다양한 색채와 질감의
소리에 귀 기울인다. 서로에게 호응하거나
서로를 밀어내는, 궁극적으로 사라지기 위해
존재하는 소리들.

입 안이 진한 초콜릿의 향미로 가득
채워지고, 세상에서 제일 난해한 암호의
일부를 판독해낸 것만 같은 착각에 가까운
만족감과 한가로움 사이로 피로가 스며온다.
그동안 꿈속에서도 날을 세웠던 감각과
의식이, 물에 풀어지고 풀과 뒤섞여 종이
죽처럼 형체를 잃고 까라지는 것을, 그녀는
미처 눈치채지 못한다.

한층 예민해진 촉각과 청각을 한계까지
끌어올려 곤두세우고, 뱀이 완전히
멀어졌다는 생각이 들 때쯤 그녀는 두

손가락으로 꼭 쥔 돌을 다시 끈에 대고
문지르기 시작한다. 새벽 공기가 꿈을 낚아채
간 뒤로 흐른 시간은 5분 남짓에 불과할
것이다. 간밤의 기억이 선연히 돌아오자 끈을
끊는 손이 더욱 빨라져 엄지 관절이 빠질
것만 같다.

죽인다. 한시라도 서둘러 가서 죽이고
만다. 이게 염이야? 그것도 살아 있는
사람을. 코코아에 뭘 처넣은 거야, 개자식이.
내일 바로 내려간다고 했으면 그녀도
나름대로 불길한 예감이 들었을지 모른다.
옛이야기들은 보통 변신이나 정복을 비롯한
각종 과업에 실패하는 인물들이 100일을
딱 하루 남겨두고 함정에 빠진다든지
마지막 한 개의 관문을 통과하지 못한다는
식으로 패배를 강조하고 비극을 극대화하게
마련이므로. 그런데 하산 날짜 같은 건
아무렇게나 지어내서 던질 수도 있는 것을,

모레 짐을 싸라기에 글피에 떠난다고
임의로 이해하여 방심해버린 스스로를
향한 타오르는 분노가, 마침내 끈의 일부를
불사른다.

그다음에는 돌을 버리고 힘으로 잡아당겨
나머지를 끊어낸다. 눈을 가린 검정 헝겊을
풀어 던져버리고, 이제 허벅지에 찬 레그
홀스터에 손이 닿으니 칼을 뽑아내어 단숨에
발목의 줄도 잘라낸다. 비탈은 누워서 느끼던
것 이상으로 가파른 언덕이며, 그보다 아래로
굴러가면 얼마 안 가 거의 낭떠러지에 가까운
급경사가 나오는 경치다.

돌아서서 언덕을 오르자 바위에 앉아서
시계를 들여다보던 그가 고개를 든다.

─ 정신 차리고 나서부터 7분 42초.

그녀는 심호흡으로 숨길을 고르게
다지면서, 그의 목에 칼날을 꽂아 넣고
싶다는 분노와, 반대로 팔을 뻗어 그의 목에

매달리고자 하는 급류 같은 충동에 휘감기지
않기 위해 일단 홀스터에 칼을 고정한다.

　— 이건 약간 기대에 못 미치는데.

　— 거기서 5분은 빼주세요. 뱀이 제 몸
위에서 떠나기를 한참 기다렸거든요.

　— 한번 살펴는 봤는데, 그새 뱀이 나왔어?
땅꾼들 분발해야겠네. 그래봤자 2분 42초.
낙제만 간신히 면했어. 주는 거 의심 안 하고
받아먹었을 때부터 감점이지만 그건 이제
따로 잔소리 안 해도 알았을 테고.

　그녀는 큰 보폭으로 다가가, 바위에서
막 일어난 사람의 배에 수직으로 주먹을
꽂는다. 직각이 잡힌 정권에 온 힘을 실어
강타하자 쿵 소리가 나무 기둥까지 흔든다.
권총 사격 때와 크게 다르지 않은 진동이
팔을 타고 전해진다. 그동안 그녀는 충분히
빨라진 속도에 힘입어 날카로워졌으며, 이건
좀 제대로 들어갔는지 그가 두세 걸음 뒤로

물러나 휘청거린다.

　─ 안 피하면, 계속할 건데요.

　─ 뭐든 받아준다고 말했지. 그럴 자격
있어 너, 충분히.

　그 말에 시들해져서 두 번째 주먹은 힘이
다 풀어진 채로 툭, 노크 비슷이 그의 몸에 가
닿는다. 그의 한 손 안에 다 가려진 손목이
잡아당겨지나 싶더니, 다음 순간 그녀의
머리와 떨리는 어깨가 그의 팔 안에 들어가
붙들린다.

　─ 잘했다. 애썼어.

　그것은 그녀가 앞으로 어떤 상황에서라도
그리 쉽게 기울어지거나 꺾이지 않으리라는
판정과도 같은 포옹이며, 그가 줄 수 있는
최선의 격려이자, 완성된 몸에 대한 선물이다.

　─ 이제 정말 끝이고 그만입니다. 오늘
집에 갈 거야.

　─ 알았습니다. 이거 놔주세요.

그렇게 말하는 자신의 목소리가 떨리지 않기를, 심장박동이 그에게 전해지지 않기를, 끝까지 그 무엇도 폭로하지 않은 채 수납 후 봉할 상자의 깊이와 넓이가 자기 안에 무한하기를 바라며 그녀는 심드렁하게 말을 돌린다. 도구의 유용성을 칭찬하는 그의 말과 팔에 도취되지 않도록.

— 근데 잠깐 이대로 눈 감고 가만히 있어.

— 예? 무슨⋯⋯.

되물으며 그녀는 반사적으로 고개 들려고 하지만, 그의 팔은 납으로 된 탄두를 빈틈없이 감싼 전피갑탄처럼 그녀를 머리카락 한 올까지 가두어 결박한다.

— 시키는 대로 눈 감고, 귀 막아. 갈 때 되니까 손님이 오네.

그녀가 귀를 틀어막자 그의 몸이 그녀로부터 떨어져 나가면서 거의 동시에 총성이 울린다. 도대체가 이걸 보지 말라는

건 불가능하다. 한 번의 총성이 채 사라지기도
전에 그녀는 귀에 꽂았던 손가락을 빼내고
뒤돌아본다.

총탄에 빗맞아 피를 떨어뜨리는 야생
멧돼지가 저만치서 씨근거리며 다음번
돌진을 위해 제자리에서 발을 구른다. 그는
송곳니에 들이받혔는지 어쨌는지 한쪽
대퇴부에 피를 흘리며 쓰러진 모습이고,
공격받으면서 놓친 총은 그녀가 선 자리까지
밀려와 있다.

— 피해 있으라 했는데, 미안하지만.

그는 자기가 누운 쪽으로 총을
밀어달라는 의미로 손짓한다. 저것은 이미
다쳤고 이쪽을 먼저 공격해왔으며 안됐지만
죽일 수밖에 없다. 그러나 그가 다친 상태로
총을 쏘기는 둘째 치고 상반신을 일으켜 팔을
뻗을 수 있을지도 불투명하다. 그녀는 총을
밀어주는 대신 다급히 집어 든다.

─ 너 못 해. 아직 안 돼. 과녁이 아니야.
이동표적이라고. 얼른 이리 내.

재촉하는 그의 대퇴부에서 내내
흘러나오는 피가 바닥에 고인다. 그렇지,
대퇴부. 그것이 그가 말한 동맥 자리인지
일견으로는 알 수 없고 근육이니 뼈니
방해되는 게 많아서 혈관이 그리 쉽게
잘리지는 않는다고 했지만, 어쨌든 출혈이
많으면 위험하다. 게다가 곧 다친 짐승이
제자리를 박차고 이리로 달려올 것이다.
절뚝거리면서도 어쨌든 올 것이다.

지혈도 급하고 저걸 처치하는 것도
급하다.

생각을 매 순간 하되 생각에 빠지면 죽어.

그녀는 한쪽 무릎으로 대퇴부의 출혈
부위를 내리찍듯이 누른다. 무릎 아래에서
그의 비명에 가까운 신음이 들려온다. 꼴좋다.

─ 뭐 해. 너 안 된다고, 비키라고.

— 닥쳐요 좀, 흔들리니까.

그 상태로 다른 쪽 무릎은 세우고, 총을 들어 올린 오른손을 왼손으로 받친다. 가늠쇠 너머로 놈을 들여다본다. 격철은 이미 젖혀져 있다. 갈지자로 날뛰는 게 아니라면, 똑바로 이쪽을 향해 달려온다면 거리만 급격히 가까워지는 셈이고 과녁의 위치 자체에는 큰 변동이 없다. 날아가는 참새가 아니라 피탄 면적이 큰 짐승이다.

손에 쥔 금속이 땀으로 미끄러진다. 그리고 어쩌면 기회는 한 번이다. 과녁이 아닌 살아 움직이는 동물이라는 사실에 새삼스레 손안에 차오르는 생경함을 고민할 만큼 한가롭지 않은 것이다.

놈이 달려온다.

그녀는 두 개의 손 안에 한 세상을 움켜쥐고 부숴버린다. 세상은 불과 한 번의 총성으로 인해, 짓무른 과일처럼 간단히

부서진다. 그 파열음이 벼락처럼 귓전을
갈기지만 그녀는 소리에 무너지지 않는다.
눈앞이 맵다. 이걸로 그 무엇도 돌이킬
수 없고 어디로도 돌아갈 수 없다. 목에서
피를 흘리는 짐승이 코앞에서 나자빠져
원망스러운 눈으로 그녀를 올려다보며 색색,
숨을 몰아쉬고 그것의 고통을 줄여주기 위해
그녀는 한 발을 더 써서 숨통을 끊어버린다.
손안에 쥔─애당초 쥔 게 있었던 적이
있는지는 모르겠으나─과일과 같은 세상은
씨앗조차 남지 않고, 과육은 진작 분해가 끝난
시신과 같이 흔적도 없다.

　　자기가 죽인 것의 시체를 한 번 돌아보고
그녀는 총의 안전장치를 잠가 내려놓는다.

　　─고막 안 나갔나. 생으로 듣는 거
처음이지.

　　그녀는 고개를 좌우로 몇 번 털어보며,
귓속에 부스럭거리는 느낌이나 이명이

있는지 확인한다.

　ㅡ살짝 웅웅거리는데 곧 괜찮아질 것
같습니다.

　ㅡ다행이네.

　ㅡ그동안 하도 겁을 주셔서 그런지
생각보다는 충격이 덜했어요.

　ㅡ그래도 나중에 병원 가서 한번 확인은
해보자.

　그는 비로소 안도의 한숨을 토해내고,
상의 앞주머니에 남아 있던 압박붕대 롤을
꺼내서 내민다.

　ㅡ너 이거 빠따감인 거 일단 알아는 둬,
총 함부로.

　ㅡ불복종의 처분은 감수할 겁니다.

　ㅡ그거 아니지. 위험하다고 했잖아.

　그건 앞으로 그녀를 수도 없는 위험
속으로 등 떠밀어 보낼 사람이 할 말로는
왠지 어울리지 않는 것 같아, 그녀는

대꾸하기를 포기하고 잠자코 붕대를
넘겨받는다.

긴급 임시 지혈 자세를 풀고 환부에
붕대를 묶으면서, 그녀는 긴장이 풀림과
동시에 자기가 무엇을 했으며 또한 무엇을
시작하기로 했는지가 피부에 와닿고, 일종의
법열에 가까운 전율을 감추기 위해 붕대 감는
손에 더욱 힘을 준다. 예닐곱 바퀴 감고서
질끈 묶자 그가 얼굴을 찡그린다.

— 아직도 그만한 힘이 남아 있네. 지혈은
확실하게 되겠어.

— 이불 빨래를 하면서 살아온 사람의
힘을 무시하면 안 돼요.

— 그러고 보니 네가 이겼다.

— 뭐가요.

— 보시다시피 땅에 닿았어. 완전
한판이고 합격이야.

그녀는 한숨을 몰아쉰다. 잊고 있었지만

그러고 보니 그런 말을 언젠가 하긴 했지.

　— 멧돼지가 개입한 건 셈에 넣지 않아요.
게다가 먼저 한 발 맞히셨으니까 시름시름
앓으면서 오는 걸 제가 거저주워 먹은 거고.

　— 실전에서는 그런 사정을 누구도
알아주지 않는다는 거 기억해.

　그러는 그는, 뱀이 나온 것을 감안하여
5분을 계산에서 빼준다는 사람이다.

　— 일어나 앉으실 수 있나요.

　그가 천천히 상체를 일으키면서 먼저
고개를 좌우로 천천히 돌려보고 팔을
움직인다.

　— 어, 아주 부러져 죽으라고 있는 힘껏
눌러준 덕분에 상당히 나아졌지.

　— 내려가면 병원부터 가요. 그런데 이
다리로 어떻게 운전하지요.

　이어서 그는 붕대 묶은 다리도 조금씩
좌우로 움직여본다. 상처는 깊지 않은

모양이다. 어쩌면 얼굴 아래 그의 몸이,
상처와 피부가 구분되지 않는 하나의 결을
갖고 있을지도.

— 차 맡겨놓은 집까지 가서 전화 한 통만
얻어 쓰면 돼. 운전해줄 사람 많아.

— 집에 가면 사모님께는, 설명 직접
하세요. 저는 자신 없으니까.

— 그래야지.

— 뭐 하다가 이 꼴이 됐다고 할 건데요.

— 다른 말이 필요할까. 네가 내 말 안
들어서 덕분에 내가 살았다는 말 외에.

— 그건…….

그의 말이 공이가 되어 뇌관을 때리는
바람에 그녀는 끝내 통곡하고 만다. 몸 안에서
이제 막 펼쳐진 깃발이 구조 요청이나 항복
선언처럼 나부낀다. 앞으로 수많은 시체의
산을 쌓아나갈 손, 자르고 찌르고 태워버릴
불모의 손, 과녁 아닌 생명을 쏘고 나서야

약탈과 섬멸의 언어로밖에 표현할 길 없는
삶을 시작했음을 알게 되고 지나온 보통의
시간과 평생을 걸쳐 이별하게 되리라는
예감, 높은 확률로 예정된 자기 침몰의 방식,
그럼에도 불구하고 무언가를 죽임으로써
무릎 아래 깔린 사람을 살려낸 손이라는
총체적 아이러니가 콧속을 시큰하게
찔러오다 뒤흔든다.

그 울음이 공포에서 해방된 안도 때문은
아님을 알 것 같아서, 그는 아무 말도 하지
않고 손을 뻗어 그녀의 어깨를 끌어안는다. 두
손은 매듭을 묶듯이, 혹은 그들이 갈 지옥에는
존재하지 않는 선한 신에게 기도라도 하듯이
그녀의 허리께에서 깍지를 낀다. 그녀에게
말해줄 필요는 없을 것이다. 머잖아 스스로
알게 될 테니까. 평생 손끝과 머리맡을 떠나지
않을 시취에 비하면 그나마 덜 직접적이고
비구체적이며 이름 붙이기엔 어려운 지금의

불가해한 감정이, 앞으로 얼마나 남았는지
모를 삶의 지표면 아래서 내내 여진으로
맴돌아, 그것이 비록 산사태를 일으키거나
교각을 꺾지는 못할 테지만, 최소한 마지막
숨을 쉴 때 찾아오는 완전한 적막 안에서
자신의 탄착점을 찾으리라는 것을.

작가의 말

　　장편소설 《파과》의 개정판이 출간될 무렵,
그 외전에 해당하는 단편을 구상했습니다.
그때는 막연히 인물의 이런 국면들, 저런
순간들로 이루어진 조각 필름 같은 것으로,
언젠가 기회가 생긴다면 그런 이야기를
발표할 때도 오려나 싶은 정도였습니다. 그
언젠가가 지금이 될 줄은 모르고서요.

　　예순다섯의 여성이 주인공인 《파과》의
초판본이 발간된 연도를 감안하여, 그녀의
10대 시절 가운데 한 장면을 다룬 이 소설
《파쇄》의 시기 배경은 1963~1965년 사이로
어림해주시면 좋을 것 같습니다.

여성 서사라는 말이 일상으로 대두되지는 않았던 2013년 여름날, 일간지의 기자님께서 《파과》의 주인공을 노년 여성으로 삼은 이유를 질문하셨습니다. 당시 언어로 치밀하게 구조화할 만큼 이슈를 제 안에 갖추었다고 볼 수 없는 상태에서 저는 대답했습니다.

"여성은 약자인데 노년에 접어들면 이중고의 약자가 돼요."

훗날 언젠가 여성의 이야기가 그 어느 때고 중요해지리라는 걸 몰랐던 무렵이었습니다.

그 후로 10년째 뜻하지 않게 《파과》가 많은 분들의 성원과 지지를 받으면서, 한편으론 이것이 과연 '진정한' 여성 서사가 맞느냐는 질문과 무시로 마주하게 됐습니다. 그럴 때마다 대체로 그렇지 않다는 감별을 받았습니다. 주인공이 손톱을 칠한다는 것,

어린이를 구조하는 행위가 모성과 닮았다고
여겨질 수 있는 것, 이성을 향해 발생하는
마음 등이 주요 결격 사유였습니다.

그리고 저는 그녀가 완벽하지 않아서
좋습니다.
건강하지 않은 사고와 유해한 감정을 품을
수 있는 사람이어서 좋습니다.
넘치게 받은 사랑의 이유 가운데 상당
부분이, 그 완전하지도 바람직하지도 않은
모습에 있다고 생각합니다. 덕분에 결격을
안은 쓰기를 계속할 수 있어서 고맙습니다.

그 유해한 어느 날을, 뒤늦게나마 전할
기회를 얻어서 다행이고 반갑습니다.

2023년 봄
구병모

- 01

파쇄

초판 1쇄 발행 2023년 3월 8일
초판 8쇄 발행 2024년 7월 15일

지은이 구병모
펴낸이 최순영

출판2 본부장 박태근
스토리 독자 팀장 김소연
편집 곽선희 김해지 이은정 조은혜
디자인 이세호

펴낸곳 ㈜위즈덤하우스 **출판등록** 2000년 5월 23일 제13-1071호
주소 서울특별시 마포구 양화로 19 합정오피스빌딩 17층
전화 02) 2179-5600 **홈페이지** www.wisdomhouse.co.kr

ⓒ 구병모, 2023

ISBN 979-11-6812-701-2 04810
　　　 979-11-6812-700-5 (세트)

값 13,000원